TABLEAUX

ANCIENS ET MODERNES

CATALOGUE

DE

TABLEAUX

ANCIENS ET MODERNES

Dépendant de la Collection de M. M***

PARMI LESQUELS ON REMARQUE

Dans l'École ancienne

Une Œuvre remarquable de G. TERBURG

Dans l'École moderne

LES SALTIMBANQUES, PAR GUSTAVE DORÉ

Et autres Œuvres de

Charlemont, Corot, Courbet, Daubigny, Diaz, Henner,
Isabey, Ch. Jacque, Ribot, Ricard, Roybet, Veyrassat,

etc.

ET DONT LA VENTE AURA LIEU

HOTEL DROUOT, SALLE N° 8

Le Lundi 10 Mars 1884,

A trois heures et demie.

COMMISSAIRE-PRISEUR

Mᵉ PAUL CHEVALLIER, 10, rue de la Grange-Batelière.

EXPERT

M. E. FÉRAL, Peintre, 54, Faubourg-Montmartre.

Chez lesquels se trouve le présent Catalogue

EXPOSITIONS

PARTICULIÈRE	PUBLIQUE
Le Dimanche 9 Mars 1884.	*Lundi 10 Mars* (jour de la vente).
De 1 heure à 5 heures.	De 1 heure à 3 heures et demie.

CONDITIONS DE LA VENTE

La vente sera faite au comptant.

Les acquéreurs payeron: cinq pour cent en sus des enchères applicables aux frais.

Paris. — Imprimerie Pillet et Dumoulin, 5. rue des Grands-Augustins.

DÉSIGNATION

TABLEAUX ANCIENS

GUARDI (Francesco)

1 — Vue de la Piazzetta, à Venise.

Les Loges, la partie basse du Campanile et la façade de la Bibliothèque. Au second plan, auprès de la colonne de Saint-Théodore, la foule entoure un prédicateur.

Sur la place, des bourgeois, des magistrats en promenade, des marchands de fruits.

Vente Febvre (Extrait du catalogue).

Toile. Haut.. 59 cent.; larg.. 94 cent.

TARAVAL

2 — La Naissance de Vénus.

Gracieuse composition, dans le sentiment de Boucher.

Toile. Haut. 62 cent.; larg. 75 cent.

TERBURG (Gérard)

H. de g. 125 (handwritten)

3 — *Le Concert.*

Une jeune femme, assise sur un tabouret, vue de dos, les cheveux blonds nattés, vêtue d'une jupe de satin blanc, d'un corsage de soie rose avec col de fourrure, joue de la basse de viole : une femme âgée, placée au second plan, l'accompagne au clavecin.

Les deux figures se détachent sur un fond gris argenté; deux tableaux sont accrochés aux murs.

Superbe tableau du maître, de sa plus belle époque et de la plus remarquable finesse.

Vente du comte de Lestang-Parade.

Est au Musée de Berlin (handwritten, left margin)

Bois. Haut., 56 cent.; larg., 44 cent.

J. Terburg
Raoux sc.
Imp. A. Salmon Paris
Le Concert

TIEPOLO (GIAM-BATTISTA)

4 — *Composition allégorique.*

Sur les marches d'un édifice italien, une reine debout,
drapée d'un manteau et coiffée d'une sorte de mitre, ter-
rasse du pied un personnage figurant la Discorde ; à droite,
un seigneur à genoux lui présente un sceptre ; autour, sont
groupées différentes figures allégoriques.

Peinture en grisaille.

Vente du baron de Beurnonville. (Extrait du catalogue).

Toile. Haut.. 5¼ cent.; larg., 3¼ cent.

TABLEAUX MODERNES

BOUDIN

5 — *Le Port d'Anvers.*

Bois. Haut., 38 cent.; larg., 55 cent.

BOUDIN

6 — *Le Quai aux Briques, à Bruxelles.*

Bois. Haut., 27 cent.; larg., 12 cent.

CHARLEMONT

7 — *Arabe chantant.*

Bois. Haut., 17 cent.; larg., 11 cent.

CHARLEMONT

8 — *Mais non !*

Bois. Haut., 20 cent.; larg., 14 cent.

COROT

9 — *Le Jardin de l'artiste, à Ville-d'Avray.*

Superbe étude.

Haut., 36 cent.; larg., 24 cent.

COURBET

10 — *Remise de chevreuils, près d'un cours d'eau.*

Ce tableau a figuré à l'exposition des œuvres de Courbet, à l'Ecole des Beaux-Arts.

Toile. Haut., 58 cent.; larg., 72 cent.

COURBET

11 — *La Vague.*

Ce tableau a figuré à l'exposition des œuvres de Courbet,
à l'École des Beaux-Arts.

Toile. Haut., 64 cent.; larg., 86 cent.

DAUBIGNY

12 — *L'Oise, près l'Isle-Adam.*

Soleil couchant.

Bois. Haut., 34 cent.; larg., 54 cent.

DECAMPS

13 — *Mendiante, vue de dos.*

Esquisse.

Bois. Haut., 18 cent.; larg., 10 cent.

DIAZ

14 — *Nymphe et amour.*

Elle est étendue dans un bois, la tête ombragée par le feuillage, elle joue avec un petit amour.

Bois. Haut., 16 cent.; larg., 14 cent.

DIAZ

15 — *Fleurs.*

Des roses et autres fleurs jetées à terre.

Charmant tableau où l'artiste montre par la variété des tons toute la richesse de sa palette.

Bois. Haut., 22 cent.; larg., 16 cent.

DORÉ (GUSTAVE)

16 — *Les Saltimbanques.*

Figures de grandeur naturelle, vues jusqu'aux genoux.
Importante composition, très connue par la lithographie.

Toile. Haut., 1 m. 30 cent.; larg., 95 cent.

FAUVELET

17 — Volupté.

Jeune femme, vêtue d'une robe en soie rosée, nonchalamment étendue sur un canapé.

Bois. Haut., 35 cent.; larg., 29 cent

HARPIGNIES

18 — Paysage accidenté, traversé par un cours d'eau.

Toile. Haut., 30 cent.; larg. 44 cent

HENNER

19 — Jeune fille alsacienne.

Bois. Haut.. 26 cent.; larg., 20 cent

ISABEY

20 — *Entrée d'un port, par un temps d'orage.*

Bois. Haut., 15 cent.; larg.. 23 cent.

JACQUE (Charles)

21 — *Troupeau de moutons longeant la lisière d'un bois.*

Au centre, la bergère debout donne un brin d'herbe à un agneau qui marche près d'elle.

Toile. Haut., 40 cent.; larg., 31 cent.

JACQUE (Ch.)

22 — *Moutons paissant dans un terrain maréca-geux, près Morlaas.*

Bois. Haut., 28 cent.; larg.. 44 cent.

JACQUE (Ch.)

23 — *Troupeau fuyant l'orage.*

Bois. Haut., 46 cent.; larg., 65 cent.

JACQUE (Ch.)

24 — *Le Gardeur de porcs.*

Chassant devant lui son troupeau, il fuit à l'approche de l'orage.

Haut., 14 cent., larg., 21 cent.

JACQUE (Ch.)

25 — *Le Poulailler.*

Bois. Haut., 12 cent.; larg., 20 cent.

KUHL

26 — *Les Politiques.*

Bois. Haut.. 13 cent.; larg.. 19 cent.

LAROCHENOIRE

27 — *Taureau au pâturage.*

Toile. Haut., 57 cent ; larg.. 62 cent.

MOROT (A.)

28 — *Jeune femme arabe se balançant sur un hamac.*

Toile. Haut.. 23 cent.: larg., 32 cent.

RIBOT

29 — *La Provende des poules.*

Une fillette debout, coiffée d'un béguin blanc et tenant son tablier, jette du grain à des poules.

Toile. Haut.. 71 cent.; larg.. 60 cent.

RICARD

3o — *Jeune fille en buste.*

Bois. Haut., 44 cent.; larg., 35 cent.

ROYBET

31 — *Un Page.*

Grisaille.

Toile. Haut., 95 cent. larg., 48 cent.

VEYRASSAT

32 — *La moisson.*

Bois. Haut., 8 cent.; larg., 15 cent.

*Collection de M. M****

TABLEAUX ANCIENS
ET MODERNES

Carte d'entrée à l'Exposition particulière

Hôtel Drouot, Salle nº 8

Le Dimanche 9 Mars 1884, de 1 heure à 5 heures.

COMMISSAIRE-PRISEUR	EXPERT
Mᵉ PAUL CHEVALLIER	M. E. FÉRAL

Paris. — Typ. Pillet et Dumoulin.